W9-CPG-717

Pour Lucie et Nathanaël
Anne
Pour Wendy
Roseline

© 2006, *l'école des loisirs*, Paris

Loi 49 956 du 16 juillet 1949,
sur les publications destinées à la jeunesse.
Dépôt légal : septembre 2006

Typographie: *Architexte*, Bruxelles
Photogravure: *Media Process*, Bruxelles
Imprimé en Belgique par *Daneels*

Le plus beau cadeau du monde

Texte d'Anne Ferrier
illustrations de Roseline d'Oreye

PASTEL
l'école des loisirs

Lucie a bien réfléchi : pour Noël, elle veut un dragon.
Un vrai. Un beau dragon vert, gentil et obéissant.
Ses parents seront sûrement d'accord :
les dragons ne mettent pas de poils sur la moquette,
ils n'aboient pas après le facteur et ils ne s'amusent
pas à déterrer les fleurs du jardin.

Et puis ce sont des animaux très propres. C'est vrai,
qui a déjà marché dans une crotte de dragon?

Lucie s'approche tout doucement de son papa. «Tu veux un dragon! s'exclame-t-il. Lucie, tu dis n'importe quoi! Et pourquoi pas une baleine dans la baignoire?»

La petite fille ne se décourage pas. Elle se jette
dans les bras de sa maman et lui réclame son dragon.
«Tu ne préférerais pas un beau vélo?» répond Maman.
Un vélo! Lucie en a envie depuis tellement longtemps…
Mais non, elle tient bon : ce qu'elle veut pour Noël,
c'est un dragon.

Ce serait vraiment pratique, un dragon, pour faire
la cuisine. Et puis en été, quand il fait si chaud, il ferait
de l'air, en agitant ses ailes. Et même, il ferait peur
aux voleurs, c'est sûr, parce que quand on se retrouve
par surprise en face d'un dragon, on ne fait pas le malin !

Mais Maman reprend : «Tu sais, ma chérie, les dragons n'existent pas vraiment…» Lucie ne comprend pas : bien sûr que si, les dragons existent, il y en a plein les livres !

Pof !

La petite fille décide de demander l'aide de la maîtresse.
«Je cherche un dragon, dit-elle.
Est-ce que tu sais où je peux en trouver un?»
«Tu veux parler d'un dinosaure? répond la maîtresse.

Justement, il y en a un au musée !» Lucie secoue la tête.
La maîtresse n'a rien compris non plus.

Dans la cour de récréation, ses camarades se moquent d'elle : «Tout le monde sait que les dragons n'existent pas !» Cette fois, Lucie est vraiment malheureuse.
Elle n'aura jamais de dragon !

Ce matin, c'est Noël, mais la petite fille est un peu triste.
Sous le sapin, il y a un gros paquet avec un ruban :
sûrement son vélo. C'est un beau cadeau, bien sûr.
Mais Lucie avait tellement envie d'un dragon…

Tout à coup, le carton se met à bouger.
Allons, ce n'est pas possible. Lucie doit rêver !
Serait-ce... son dragon ?
«Tu n'ouvres pas ton cadeau, ma chérie ?»
demande Maman.

Lucie se jette sur le paquet, puis tout à coup, s'arrête.
Un immense sourire se dessine sur son visage.
Elle plonge la main dans la boîte et en sort délicatement
l'animal. Sa longue queue fouette l'air et ses griffes
minuscules s'enfoncent dans le pull de la petite fille.

Lucie le gratte derrière les oreilles avec tendresse.
La petite bête se met à ronronner doucement…
«Dis Lucie, il te plaît ce petit chat ?» dit Papa.
Alors, la petite fille se précipite dans les bras
de ses parents. C'est le plus beau cadeau du monde !

Et finalement, un chat, c'est presque un dragon !
En plus doux…

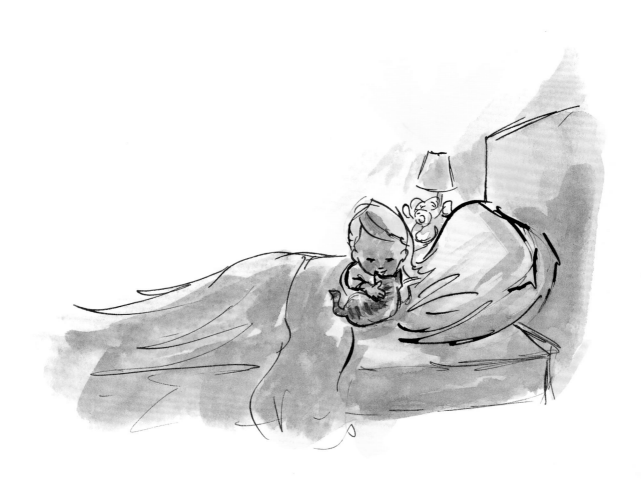

DEC 17 2008